꽃 보고
한 걸음
구름 보고
한 걸음

돌봄종사자들의 그림 이야기

꽃 보고
한 걸음,
구름 보고
한 걸음

한국의료복지사회적협동조합연합회
그림책미술관시민모임 엮음

만만한책방

돌봄을 이야기하다

평균 크기 가로 100센티미터, 세로 210센티미터.
1인용 환자 침대에서 하루하루를 이어 가는 사람들이 있습니다.
어제와 오늘을 기억하지 못하고,
바깥 세상을 혼자 힘으로 만나지 못하는 사람들이 있습니다.
그 사람들은 나와 함께했던 친구, 동료, 가족, 부모였습니다.

누구나 밥 먹을 권리가 있고,
누구나 인간답게 살 권리, 삶의 존엄을 존중받을 권리가 있습니다.
누군가의 권리, 존엄을 지켜 주는 것은 또 다른 누군가의 노동입니다.
어르신들을 먹이고, 씻기고, 걷게 하는 돌봄종사자들의 노동은
어르신의 일상을 지키고 인간으로서 최소한의 존엄을 지키는 일입니다.
들리지 않는 귀에 천천히 속삭이고,
의미 없는 말을 진지하게 들어 주고,
느린 걸음을 천천히 기다려 주며 손을 잡는 일은
한 인간을 오롯이 이해하는, 몸이 아닌 마음이 하는 일입니다.
돌봄종사자들은 말합니다.
"우리는 누군가를 돌보는 중이 아니라 사랑을 배우는 중입니다."

돌봄종사자들의 이야기꽃

시간은 누구도 피해 갈 수 없습니다.
지금 돌보는 어르신은 미래의 나입니다.
아픔을 홀로 감당하는 어르신, 외롭게 그들 옆을 지키는 가족, 돌봄종사자들
은 그들과 한 가족이 되어 하루하루를 살아갑니다.
그 하루가 쌓여 이야기꽃이 되고, 그림책이 되었습니다.
지친 일상을 수다로 풀어내며 서로를 위로하고 응원했던 경험을 서툴고 낯선
그림과 글로 표현했습니다.

이 그림책은 열두 명의 돌봄종사자들이 어르신들과 만나면서 겪고 느
낀 이야기를 담은 삶의 기록입니다.
일상에서 피워 낸 이야기꽃으로 지금 비슷한 일상을 겪고 있는 사람들,
낯선 미래를 걱정하는 사람들을 위로하고 응원합니다.

한명희 _ 그림책미술관시민모임 대표

돌봄이란 삶의 질을 올려 주는 계단 같아요

손용덕

"내가 말년에 엄마한테 효도한 것 같아서 마음이 좋아요. 요양보호사 선생님이 오셔서 우리 엄마 마음에 쏙 들게 해 주시니 뭔가 해 드린 것 같아서요. 나 대신 이렇게 정성껏 해 주시는 분을 만나니 정말 감사하고 행복해요."

어떤 보호자가 이렇게 말씀해 주었어요.

이 말을 듣는데, 이게 바로 장기 요양 서비스가 생긴 이유고 목표라는 생각이 들었어요.

그런가 하면 어떤 보호자는 "요양보호사가 그릇을 닦았는데, 그릇 받침이 끈적거리는데 안 닦았어요" 이러면서 전화를 해요. 똑같은 케어를 받는데 어떤 분은 칭찬하고, 어떤 분은 불평, 불만만 말해요.

우리는 각양각색의 어르신을 만나요. '진짜 천사다' 하는 분도 만나고, '정말 다시 만날까 겁난다' 할 정도의 어르신도 만나요.

돌봄이란 어르신들의 삶의 질을 올려 주는 계단 같아요. 우리를 지탱해서 어르신들 삶이 조금 나아지고, 건강을 지키고, 더 나빠지지 않게 하는 일이거든요. '나는 나 같은 요양보호사를 만날 때, 어서 오시오, 할 만큼 내가 어르신들에게 잘하고 있는가' 늘 묻게 돼요.

우리는 어르신들 몸과 마음을 지켜 드리는 사람이에요

장다순

일은 좋은데, 요양보호사들의 자존감을 무너뜨리는 일이 현장에서는 아주 많아요.

그래서 첫 만남 때 어르신들과 보호자들에게 아줌마가 아니라 요양보호사 선생님으로 부르시라고 호칭 교육부터 해요. 그분들이 우리를 존중하고, 믿어줘야 우리가 하는 일도 존중받는 거잖아요. 우리는 밥하는 사람, 청소하는 사람이 아니라 어르신들 건강을 지켜 드리는 사람이에요.

언젠가 어떤 집에서 하도 고생을 시켜서, 그만둔다고 그 집을 나오는데 나도 모르게 눈물이 막 나는 거예요. 나도 한 성격 하는 사람인데, 집에서는 공주 대접 받으면서 사는데, 왜 이런 수모를 당하면서 일해야 하나 했죠. 그래서 하느님한테 냅다 소리쳤어요.

"하느님, 하느님은 아시죠? 제가 얼마나 정성 들여서 일했는지 아시잖아요?"

얼마 전, 어떤 보호자가 "선생님 같은 분 만난 게 얼마나 복인지 몰라요. 끝까지 저희 아버지 곁에 있어 주세요" 하는 거예요.

그게 그렇게 마음에 와닿았어요.

돌봄은 가족에서 시작됩니다

어느 날부터 엄마가 나를 알아보지 못하는 거예요.
질문에 대답을 해 드려도 자꾸 똑같은 말을 반복해서 물어요.
처음에는 엄마가 치매라서 부담스러웠어요.
엄마가 아프고 나서, 엄마를 자세히 들여다보며 깨달았어요.
나를 돌봐 줬던 40대의 엄마와
아픈 80대의 엄마가 다르지 않다는 걸요.
지금은 그냥 엄마가 즐겁게 살면 좋겠어요.
아픈 대로 편안하게 바라볼 수 있게 된 거죠.

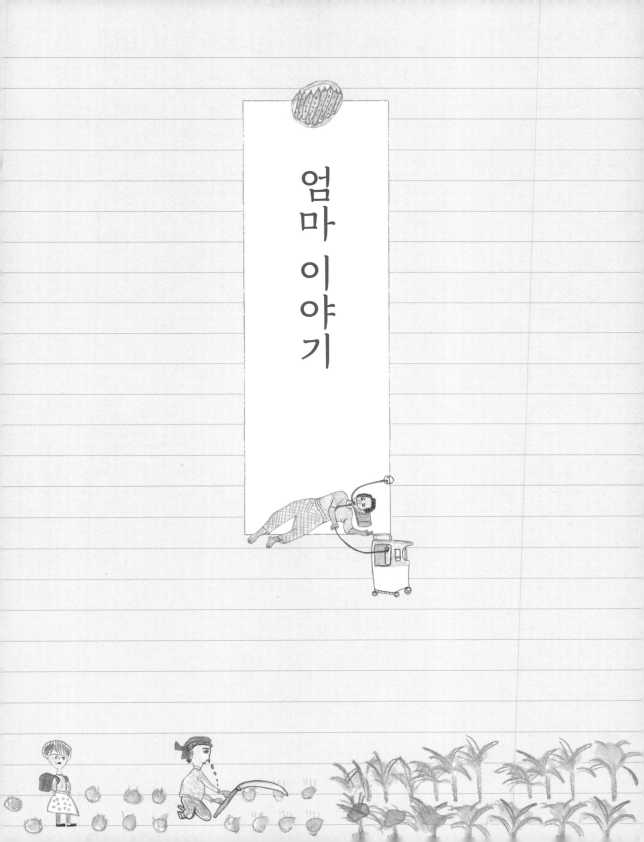

엄마 이야기

시어머니는 명의입니다.

시어머니로부터 큰 치료를 받았습니다.

장손에게 시집와서 고생을 많이 한 친정 엄마,

내 딸 셋은 절대 큰며느리로 안 보내겠다고

다짐하는 것을 보고 자랐습니다.

나는 정신을 덜 차렸었나 봅니다.

큰며느리가 됐습니다.

이 이야기는 큰며느리로 살면서

시어머니랑 지냈던 나의 이야기입니다.

손용덕

나만의 의사, 억순 씨

손용덕

부잣집 막내딸이었던 해순 씨는 시집와서 억순 씨가 되었어요.

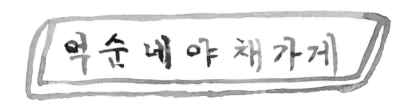

큰아들이 초등학교 5학년 때,
남편이 풍으로 쓰러져 버렸거든요.
토끼 같은 새끼들이 여섯이었어요.
그때부터 억순 씨는 안 해 본 일이 없대요.

억순 씨는 큰며느리 이름도 몰랐어요.
둘째 며느리, 막내 며느리 이름은 잘도 알면서
큰며느리는 그냥 '주석이'라고 불렀어요.

주석이는 큰손자 이름이에요.
그러면서도 억순 씨는 집에 일이 있을 때마다
큰며느리만 찾았어요.

17

시골에 살던 억순 씨가

서울에 사는 큰며느리 집으로 살러 왔어요.

온 집 안이 주어 온 물건으로 가득 찼고,

주머니며 서랍에 물건을 잔뜩 숨기기 시작했어요.

큰며느리는 억순 씨가 치매인 걸 알게 되었어요.

억순 씨는 딸이 몇인지

아들이 몇인지 기억을 못 했어요.

둘째 며느리, 막내 며느리도

도무지 기억해 내지 못했어요.

보약 좀 해드려야잉.

요양원에서 억순 씨네 큰며느리를
모르는 사람이 없어요. 다들 딸이냐고 했어요.

"어머니, 저 오늘도 왔어요."
"몰라."
"어머니, 제가 누구예요?"
"손용덕."

억순 씨가 간직하려던 소중한 기억 속에
큰며느리가 있었나 봐요.
억순 씨는 큰며느리에게 늘 이야기했어요.
"나 죽을 때 너 아픈 것들 모두 가지고 갈란다."

시어머니로부터 큰 치료를 받았습니다.
시어머니는 명의입니다.

지난 7월에 돌아가신 친정 엄마를
떠올리며 그림을 그렸습니다.
그림을 그리는 동안에
마음이 자꾸 올라왔습니다.
6남매 중에 막내딸로 태어났습니다.
혈액형이 O형으로 쾌활한 성격에
분위기를 잘 맞춥니다.

장다순

울 엄니

장다순

울 엄니는 황소처럼 큰 웅태기에 재를 담아
머리에 이고 진등 밭에 갔습니다.
밭에 가는 엄니 뒤를 언니와 나는
신나서 따라갔습니다.

하도 일만 해서 동네 사람들은 엄니를 암소라고 불렀습니다.

하루는 학교 끝나고 집에 가는데,
가을 들판에서 벼를 베는 엄니를 보았습니다.
반가운 마음에 엄니를 부르려는데,
엄니가 흐르는 코피를 쓱 훔쳐 내고는
나락을 연신 베었습니다.

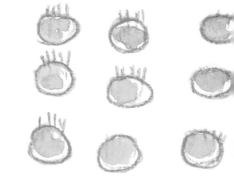

엄니는 나이가 들어도 손주를 보느라
쉴 틈이 없었습니다.
하나가 크면, 다른 손주.
또 하나가 크면, 또 다른 손주.
그렇게 손주 다섯을 엄마 손으로 다 키웠습니다.

황혼 녘에는 치매로 자식도 몰라봤습니다.
엄니는 내가 낀 반지를 참 좋아했습니다.
내 반지를 엄니 손가락에 끼워 드리니
손가락에서 빠지지 않는다며 손을 감추었습니다.

엄니는 병실에서 두 달 반 만에
세상을 떠났습니다.
이제 그 반지는 다시 내게로 돌아와
내 손가락에 끼워져 있습니다.

몇 년 전 남동생이 뇌출혈로 하늘나라에 간 뒤,
엄마는 마음을 작은아들 따라 보내고,
몸은 해바라기처럼 큰아들을 따라다닙니다.
2남 3녀의 둘째 딸로 태어나
오빠 덕에, 언니 덕에, 동생 덕에
딸 노릇을 제대로 못해도 그냥저냥 살뜰히 살았습니다.
1남 2녀의 엄마가 된 셋째는 오늘도 엄마 노릇과
딸 노릇 사이에서 살뜰히 살고자 애쓰는 중입니다.

성용숙

엄마와 함께

성용숙

인지장애를 앓고 있는 우리 엄마.
엄마의 병은 하루가 다르게 심해진다.
언제 또 엄마와 여행을 할 수 있을까 싶어
오빠와 나는 엄마와 함께 여행을 떠났다.

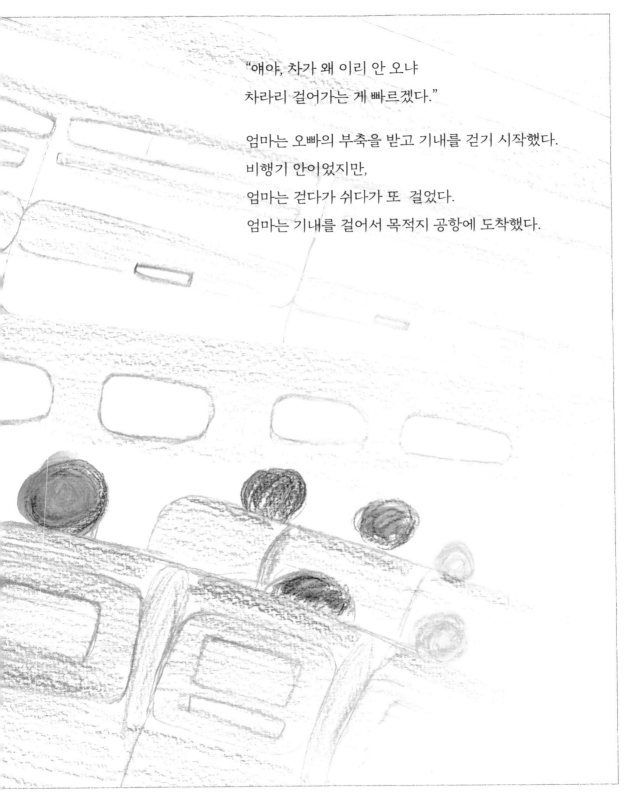

"얘야, 차가 왜 이리 안 오냐
차라리 걸어가는 게 빠르겠다."

엄마는 오빠의 부축을 받고 기내를 걷기 시작했다.
비행기 안이었지만,
엄마는 걷다가 쉬다가 또 걸었다.
엄마는 기내를 걸어서 목적지 공항에 도착했다.

엄마의 손을 잡고 호수 앞에 섰다.

바다와 같은 호수에 잔잔한 바람이 불었다.

호수 옆 파인애플 화분을 보며 엄마는 여기가 어딘지 신기해했다.

신선한 공기와 바람에 엄마는 기분이 좋아졌다.

"나 여기서 살란다."

여행을 마치고 집으로 돌아오니
엄마의 건강이 더 안 좋아졌다.
산소 포화도가 80퍼센트까지 떨어지고
기력 저하까지 더해져
결국 병원에 입원해야만 했다.

낯선 병원 환경과
보호자가 없는 밤이 무서웠는지
엄마는 아침저녁으로
오빠만 찾았다.
"나 여기에 버리는 거 아니지?"
엄마의 힘없는 목소리에
오빠가 답했다.
"가자, 집으로."

오빠네 집, 엄마의 침대 옆에
산소 호흡기와 기관지 호흡기를 달았다.
엄마의 얼굴이 아기처럼 환해졌다.

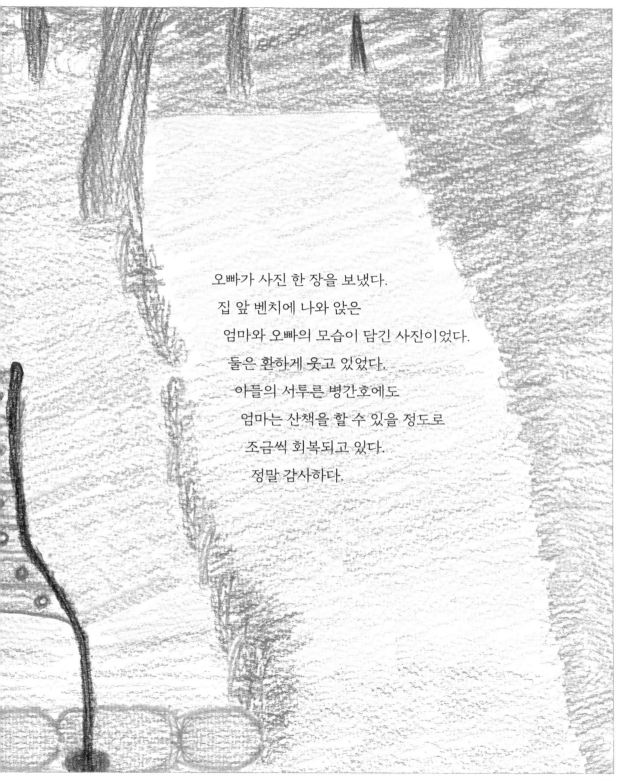

오빠가 사진 한 장을 보냈다.
집 앞 벤치에 나와 앉은
엄마와 오빠의 모습이 담긴 사진이었다.
둘은 환하게 웃고 있었다.
아들의 서투른 병간호에도
엄마는 산책을 할 수 있을 정도로
조금씩 회복되고 있다.
정말 감사하다.

엄마 미안해, 용서해 줘

장다순

저는 6남매에 셋째 딸이에요.

아들 셋에 딸 셋인데, 엄마가 옛날 사람이어서 아들만 위했어요. 아들들은 밥상에 밥 차려 주고, 딸들은 바닥에 밥 차려 줬어요. 딸들은 아들 앉은자리만도 못하다고 맨날 그랬어요. 그래도 엄마가 병이 나니까 아들 집은 못 가고, 딸들 집만 돌다가 돌아가셨어요.

수십 년 동안 큰딸 집, 작은딸 집, 우리 집 돌면서 사셨죠.

마지막에 내가 모시다가, 언니 집에 있다가 요양병원에 가셨어요.

우리 엄마는 이쁜 치매였어요.

그래서 자식들 고생 거의 안 시켰어요.

늘 "왜 밥은 안 줘, 밥은 언제 줘" 하시곤 했죠.

그래도 엄마한테 못한 게 많아요.

내가 죄인이죠.

엄마한테 "엄마 미안해. 용서해 줘" 그랬더니 "응" 그래요.

용서한다는 거 같았어요.

비로소 어머니를 한 인간으로 이해하게 되었어요

손용덕

제가 시어머니를 모시게 되었어요.

그때 생각보다 어머니 치매가 상당히 많이 진행된 상태였어요.

부잣집 막내딸로 자라다가 아무것도 없는 집에 시집와서 본인이 자식 키우고 다 해야 하니까 억척이 된 거예요.

말은 욕이 반이고, 나가면 막 싸우고 그래서 너무 무섭고 그랬어요.

그래서 '우리 어머니는 본래 그래' 이렇게 생각하고 살았는데, 서울로 모시고 와서 살다 보니까

'아, 본래 그런 사람은 없구나' 알게 됐죠.

어머니가 집에 오니까 여러 일이 벌어지기 시작했어요.

현관에다 오줌 싸 놓고, 거실에다 똥 싸서 피아노며 바닥이며 다 칠해 놓고. 제가 집에 없을 때는 아들들이 학교에 있다가 달려오고, 도서관에 있다 달려오고 했어요.

할머니가 변을 보면, 먼저 본 사람이 치우고, 씻기고 했어요.

날마다 하루도 빠짐없이 어머니를 씻기고, 닦이고 했어요.

어머니가 뇌졸중이 오고, 혈관성 치매가 와서 상황은 안 좋아졌어요.

하루는 제가 일하러 나왔는데, 아들한테 전화가 왔어요.

"엄마, 내가 할머니 똥 치우고 씻기고 했는데, 이불은 어떻게 못 하겠어" 하는 거예요.

어머니가 똥을 싸서 일어서려다 넘어진 건지, 넘어지면서 놀라서 똥을 싼 건지 전혀 기억을 못 했어요.

아들이 어머니를 욕실로 옮겨다가 씻기고 챙기고는 했는데, 이불은 상상만 해도 어떻게 해야 할지 엄두도 못 낸 거죠.

우리 아들이 대학을 졸업하고, 취직할 때 자기소개서에 할머니 치매 이야기를 썼었대요.

면접관이 그 이야기를 보고, 너무 대단하다고 말했대요.

그래서 그랬는지 그곳에 붙었어요.

우리가 어머니를 같이 모시면서 언제 끝날지 모르는 이 터널을 어떻게 통과할까 막막하기만 했었는데, 지금 생각해 보면 그때 오히려 가족이 똘똘 뭉치게 되었던 것 같아요.

아들들도 가끔 할머니 모실 때 이야기를 해요.

아프시기 전에는 한 번도 제 이름을 불러 본 적 없었는데, 치매가 온 뒤에 어머니가 제 이름을 기억하는 거예요.

다른 사람들 이름은 다 기억 못 하고 제 이름만 기억했어요.

그때 정말 설명할 수 없는 마음이 들었어요.

어머니 마음속에 딸도 아니고, 아들도 아니고, 큰며느리가 있나 보다 생각이 드니까 같은 인간으로서, 여자로서 어머니가 정말 불쌍하고 안 된 거예요.

아픈 어머니를 옆에서 돌보면서 비로소 어머니를 한 인간으로서 이해하게 되었어요.

가족처럼 어르신을 돌봅니다

어르신들은 또 하나의 가족이에요.

어르신을 옆에서 돌보면서

한 인간을 오롯이 이해하고, 사랑하게 되거든요.

어르신들은 아무도 모르는 본인만의 삶을 살고 있어요.

기다려 주고 노력하면 작은 변화가 일어나요.

진심은 통한다고 믿어요.

어
르
신

이
야
기

서울의료사협 우리네센터에서
요양보호사로 일하고 있습니다.
시골을 몹시 사랑하지만
아직은 도시에 살고 있습니다.
녹색이 나의 고향 같습니다.
1960년생으로 금강이 흐르는
서포에서 태어나고 자랐습니다.
2남 4녀 중 다섯째로
성격이 낙천적이고 쾌활합니다.

최덕순

내 손을
잡았던
어르신들 최덕순

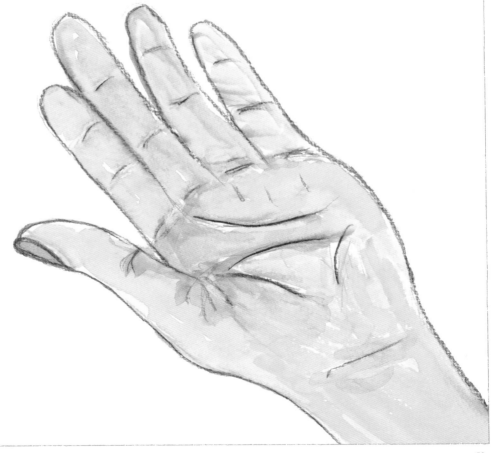

욕쟁이 할머니

맛있는 거 있으면
나부터 챙겨 주기 바빴던 욕쟁이 할머니.
"얼른 받으쇼잉. 팔 빠져 뒈지겟네."

반갑습니다 할머니

선생님이라 부르며 나를 좋아해 준 할머니.
"선생님, 선생님요.
내는 선생님 같은 사람이 참 좋습니다."

몰라 할머니

노래밖에 모르고, 노래만 부르는 아기 같은 할머니.
"가련다. 떠나련다."
그토록 노래를 줄줄 부르시더니, 요즘은 입을 닫으셨다.

얌전이 할머니

늘 텔레비전 앞에 쪼그리고 앉아 있던
텔레비전 없이는 한시도 못 사는 할머니.

몇 년 전 97세에 하늘나라로 떠나셨다.

요양보호사 활동을 하면서 만난
87세 어르신이 들려준
이야기를 그림 이야기로 완성했습니다.
경기도 현리에서 4남 3녀 중에
장녀로 태어났습니다.
결혼해서 아들만 둘입니다.
지금은 서울의료사협에서
요양보호사로 일하고 있습니다.

조순자

외로운 영웅

조순자

젊었을 때 6.25 전쟁에 참전했어.
전쟁터에서 한쪽 다리를 잃고
집으로 쓸쓸히 돌아왔지.

나는 건강한 사람과 결혼했어.
결혼식 때 기분이 좋아서 속으로 웃었어.

첫날밤, 아내는 혼자 잠을 잤어.
내가 아내를 속이고 결혼했거든.
내 다리가 의족인 걸 아내는 전혀 몰랐지.

아내가 감 장사를 했어.
하루는 아내가 장사할 감을 사러 갔는데,
버스가 끊겨서 남의 집에서 자고 왔지 뭐야.
하도 화가 나서 내가 감 항아리를 깨 버렸어.

나는 아내를 늘 의심했어. 화도 잘 냈지.
내가 이렇게 생겨서
아내가 바람이 날까 봐 더 화를 낸 거야.

지금도 꿈속에서 전쟁을 해.
언제나 끝날지.
외롭고 괴로워서 한숨만 나와.

매일 창밖의 먼 산만 바라보고 살았어.

초등학교 때 만화를 좋아해서
미술가를 꿈꾸기도 했습니다.
그림책을 만들면서
꿈에 대해 다시 생각해 보았습니다.
이 그림책의 영예 어르신 이야기가
현실 속에서 우리의 미래 모습일 것 같아
마음이 짠해집니다.

황정순

영예 할머니의 하루

황정순

77세 영예 할머니의 집은
오늘도 조용합니다.
예전에는 시끌벅적했다지요.

"어머니, 저 왔어요."

"어, 왔어?"

영예 할머니는 늘 누워 계시다가
문소리에 일어나
상 앞에 앉습니다.

"어머니, 색칠 놀이해요."

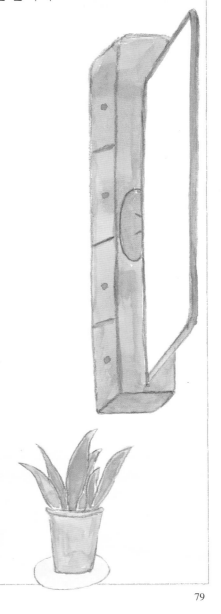

"밥을 잘 드셔야죠."
"싫어. 밥 먹기 싫어."

부침개를 해 드렸더니
양 볼이 터지도록 맛나게 드십니다.

"어머니, 안녕히 계셔요.
내일 또 올게요."

할머니네 메리가
컹컹 짖습니다.
"이놈의 똥개
내다 팔아야 하는데……."

오늘도
빈집에
할머니와 메리만
남습니다.

요양보호사의 삶에서 그동안 경험하지 못한

희로애락을 느끼고, 어르신들을 돌보며

삶의 지혜를 얻었습니다.

섬기는 삶을 인생의 모든 것으로

여기며 살던 2007년 어느 날,

실질적인 돌봄이 필요한 어르신들에게

봉사하며 살자는 마음으로

요양보호사가 되었습니다.

이번 그림책에 담은 할머니를 돌보며

요양보호사로서의 생각과 태도를

다시 돌아보게 되었습니다.

박복희

하늘나라

박복희

100세 할머니는

온종인 침대에 누워 아들을 기다립니다.

쟁반에 밥과 된장국을 차려 침대 옆에 놓아 드렸습니다.

"할머니, 식사 꼭 하셔야 해요."

"……."

쟁반 위에 밥과 된장국이

오늘도 그대로입니다.

오늘은 웬일인지 100세 할머니가
찬송가를 4절까지 부릅니다.

"그 두려움이 변하여 내 기도 되었고
전날 한숨 변하여 내 노래 되었네."

할머니는 간절히 기도합니다.
얼른 하늘나라에 가서 편히 쉬게 해 달라고.

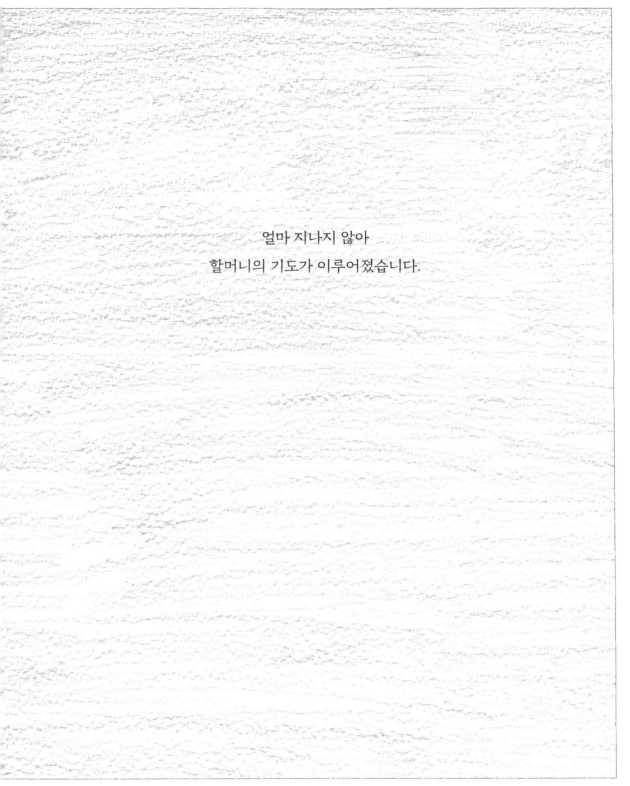

얼마 지나지 않아
할머니의 기도가 이루어졌습니다.

어르신들은 갈 곳이 없어요

최덕순

혼자 사는 어르신들은 누가 안 찾아오거든요.
제가 돌보는 어르신이 빌라 1층에 사는데, 동네 어르신들이 제가 가는
시간에 맞춰서 그 할머니 집에 놀러 와요.
그냥 이야기하고 싶어서. 그 할머니들도 외로운 거죠.
정작 돌봐 드리는 어르신은 사회성이 없어서 다른 어르신들 오는 걸 그
렇게 좋아하지는 않아요. 귀가 잘 안 들리니까,
다른 할머니들이 막 이야기하면 우리 할머니는 얼마나 힘드시겠어요.
그러니까 우리 할머니 눈치 보면서 이야기해요. 다른 할머니들하고 이
야기할 때도 꼭 우리 할머니 눈을 보면서 이야기해요.
어르신들한테는 참 외로운 세상인가 봐요.
조금 젊은 사람들은 모여서 같이 뭐도 하고 그러는데, 이 어르신들은
갈 곳이 없는 거예요.
그러니까 제가 가면 이 할머니 집에 모이는 거죠.
제가 할머니들 오시면 차도 타 드리고, 이야기도 나누고 그러니까.
외로운 할머니들한테 소통의 대상이 되기도 하고 그러니까.

침대째로 어르신을 산책시키자!

윤여량

일어서거나 앉지도 못하고, 누워만 계신 분이었어요.
이런 분들은 혼자서는 밖에 못 나가니 느린 시간 속에 무료하게 있어야
하거든요.
"그래, 침대째로 어르신을 산책시키자!"
그래서 침대째로 텃밭으로 나가 산책시켜 드렸어요.
바깥공기가 어디 안 공기랑 같겠어요?
밖에 나가는 것만으로도 정말 행복해하셨죠.
병원 안에만 있는 어르신들 모두 한 번쯤 하늘 구경시켜 드리는 게 제 꿈
이에요.
환자와 보호자의 만족도도 높아졌어요.
어르신이 자식한테 전화해서 이런 거 저런 거 했다고 자랑하는 소리가
들려오면 정말 뿌듯해요.

우리 엄마라고 생각해요

장다순

저는 이 일이 딱 맞아요. 봉사하는 마음으로 하거든요.
어르신들 모실 때, 우리 엄마라고 생각하고 해요.
최근에 모신 어르신이 얼마 전에 돌아가셨는데, 돌아가시기 전까지 똥, 오줌 다 치워 드리고, 씻겨 드리고 했는데 그게 하나도 더럽다고 생각이 안 들었어요. 우리 퇴근하면, 보호자들이 돌봐 드려야 하잖아요. 하루는 며느리가 그러더라고요.
저녁에 어머니 똥 치우는데, 너무 비위가 돌아서 도저히 치우기가 힘들더래요. 정말 안 되겠다 싶어서, 나가서 소주 한 병을 사 와서 그걸 마시고 치웠다고 하면서 "선생님, 정말 대단하세요. 어떻게 이 일을 매일 하셨어요?"
저도 처음에는 직업으로 했지만, 지금은 어르신들 사랑하는 마음으로 하다 보니 하나도 비위가 안 돌았던 거예요.
'그래, 이분이 내 친정어머니지. 그래 이분이 내 어머니지' 하니까 하나도 힘든 게 없는 거예요. 내가 생각해도 참 신기했어요.
그런 분이 돌아가시니 내가 며칠을 가슴 통증이 오더라고요.
너무 마음이 아파서 가슴이 막 굳는 것처럼 아팠어요.

인간은 존엄한 존재인 것 같아요

손용덕

자식이라고 해서 부모 다 몰라요. 저도 그랬어요.

오히려 직업적으로 나가서 부딪히고, 옆에서 챙기고 하는 분들이 어르신들을 더 잘 알 수도 있어요. 어르신들이 나는 글도 몰라, 아무것도 몰라하던 분들이 이런저런 이야기 다 풀어내요.

나 혼자 다 할 수 있어, 그러던 분들이 시간만 되면 시계 밑에서 기다리고 있어요.

몇 분 늦으면, "왜 이렇게 늦게 와" 그래요.

"왜 이렇게 늦게 와" 라는 말은 그만큼 기다렸다는 말이에요.

어르신들이 조금씩 점점 좋아지는 걸 보면 정말 감동이에요.

보호자들이 '우리 부모님은 정말 안 돼요', '우리 부모님은 정말 어려워요' 이렇게 말하는데, 직접 가서 만나 보면 그렇지 않아요. 다양한 활동 속에서 어르신들은 조금씩 좋아져요. 그러면 그렇게 기뻐요.

기회가 없었을 뿐이지, 기회가 있으면 인간은 누구나 가능하다는 걸 느껴요. 그럴 때 정말 인간은 존엄한 존재인 것 같아요.

화날 때도 많지만, 그래도 어르신들 자꾸 만나 보고 싶고, 어떤지 직접 보고 싶고 그래요.

돌봄은 나의 이야기입니다.

치매는 누구나 걸릴 수 있는 감기 같은 것이에요.
우리도 언젠가는 늙고,
언젠가는 어르신 위치에 있을 거잖아요.
오늘 돌봄을 하는 내가, 내일 돌봄을 받게 되지요.
우리가 남을 돌보는데,
어르신 마음에 들도록 도움을 줬는지 그런 생각이 들어요.
돌봄은 서로를 살아가게 해요.
사람과 사람을 밀접하게 연결 지어 주는 일이지요.
바로 나의 이야기입니다.

함께 사는 이야기

옛날 같으면 돌봄을 받아야 할 50대 중반을 넘어
요양보호사 자격증을 취득하였습니다.
의료협동조합에서 잔뼈가 굵어졌다 생각했는데
돌봄은 항상 마음 깊은 한구석에 있었습니다.
교육을 받는 동안 마음 속 돌봄을 꺼내
요양보호사 선생님들과 서로 이야기를 주고받으며
몸과 마음을 치유했습니다.

장남희

돌봄 느끼기

장남희

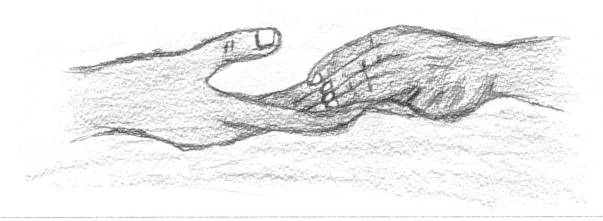

몸 지도

돌보는 사람의 몸 지도 그리기를 진행했습니다.

나는 나의 몸을 돌보고 있어서 내 몸 상태를 그렸습니다.

건강한 것 같지만, 고혈압과 당뇨가 경계 수치이고,

머리도 자주 아픕니다.

혈관에 문제가 많아 그리다 보니 몸 전체가 문제입니다.

그래서 만보 걷기를 꾸준히 하고 있습니다.

이제는 나도 돌봐야 할 때인 것 같습니다.

요거트 떠먹여 주기

눈을 가리고 요거트를 서로 떠먹여 주는데 쉽지 않았습니다.

한 손으로 상대방의 턱과 입술을 만지며

다른 손으로 요거트를 넣을 때,

상대방도 잘 받아먹기 위해 입을 크게 벌렸습니다.

서로의 소통이 얼마나 중요한지 깨닫는 순간이었습니다.

거울 보고 별 길 따라가기

별 모양의 길을 그려 놓고, 거울에 비친 길을 따라 그리는데
잘 그리려 노력했지만, 마음처럼 잘 안 되었습니다.
'눈으로 보면 다 아는 길인데, 왜 똑바로 안 그려질까?' 하는
생각에 한숨이 저절로 나왔습니다.
강사님은 거울로 보는 것은 거꾸로 보이기에 어렵다며
거울을 무시하고 짝꿍이 설명하는 대로 해 보라고 했는데,
그것도 잘 안 되었습니다. 정말 어려운 작업이었습니다.

마사지 받기

마사지 하는 설명을 열심히 듣고
돌아가며 마사지를 했습니다.
마사지를 받을 때 여기저기에서
신음 소리가 터져 나왔지만
받고 난 뒤에는 몸이 가벼워졌습니다.

빛과 소금이고 싶습니다.
생명지킴이 활동으로 만난
할머니의 이야기를
그림책에 담았습니다.

김춘심

휴후 할머니

김춘심

컴컴한 지하 방,
작은 전구 불이
휴후 할머니의 성경책을 비춥니다.

할머니는 매일
자식과 봉사자들을 위해
기도를 합니다.

휴후 할머니는
3남 2녀를
키웠다고 합니다.

자식들을 키우면서
밥상에 둘러앉아 밥 먹을 때가
제일 행복했다고 늘 말씀합니다.

컴컴한 지하 방에 불이 켜집니다.

"할머니, 저 왔어요."
"아이고, 선생님 왔어요?"
"제가 감자랑 양파랑 가져왔어요.
맨날 물에 밥 말아 드시지 말고
잘 챙겨 드세요."
"응."

늘 밥과 김치만 놓여 있던
할머니 밥상 위에 반찬이 늘었습니다.

"선생님이 준 감자로 감자조림도 해 먹고,
된장국도 해 먹었어."

순천의료생협 요양병원에서
케어매니저로 일했습니다.
1967년 전남 순천에서
1녀 2남 중에 장녀로 태어났습니다.
결혼해서 아들만 둘을 낳았습니다.

조경희

빵순이 엄마

조경희

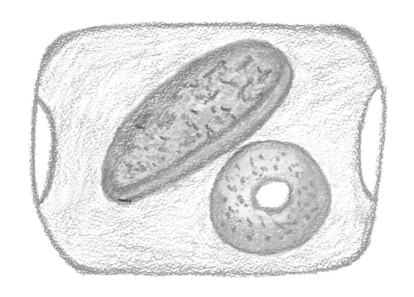

파킨슨병으로 입원한
어르신을 만났습니다.
나는 어르신을 엄마라고 부릅니다.
엄마는 온종일
침대에 누워만 있었습니다.
누워서 침대 옆 창밖을 바라보는 게
엄마의 유일한 일과였습니다.

엄마는 밥보다 빵을 더 좋아합니다.
그래서 병동 선생님들은 엄마를
'빵순이 엄마'라고 부릅니다.

"오늘은 무슨 빵 사 왔어?"

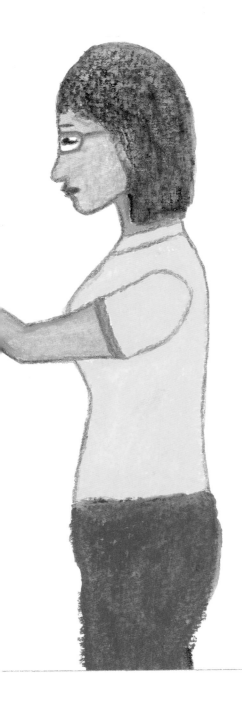

늘 누워 있던 빵순이 엄마가
조금씩 변하기 시작했습니다.

좀처럼 일어나려 하지 않았던
빵순이 엄마는
구슬 꿰기, 색칠 놀이를 할 때면
일어나서 앉았습니다.

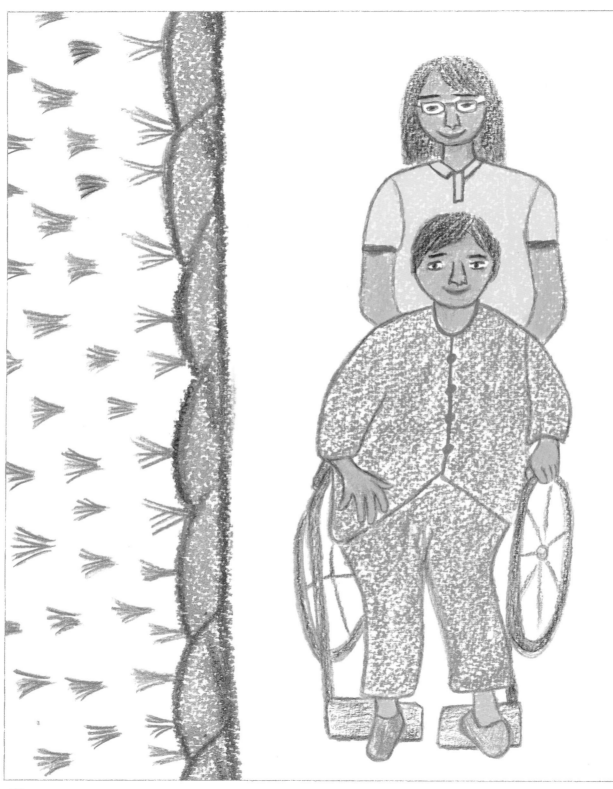

"선생님만 기다리고 있었어. 오늘은 뭐 할랑가?"

"엄마, 오늘은 휠체어 타고 산책해요."

요양병원에서 어르신들과 함께 생활했고,
함께하는 시간이 행복했습니다.
1967년 전남 순천에서 태어났습니다.
사회 초년생일 때, 시간적 여유만 있으면
사회봉사를 하고 싶었습니다.
결혼하고 아이들 키우느라 잊고 살았는데,
어느덧 중년이 되었습니다.

조복숙

순임 할매의 꿈

조복숙

희망요양병원

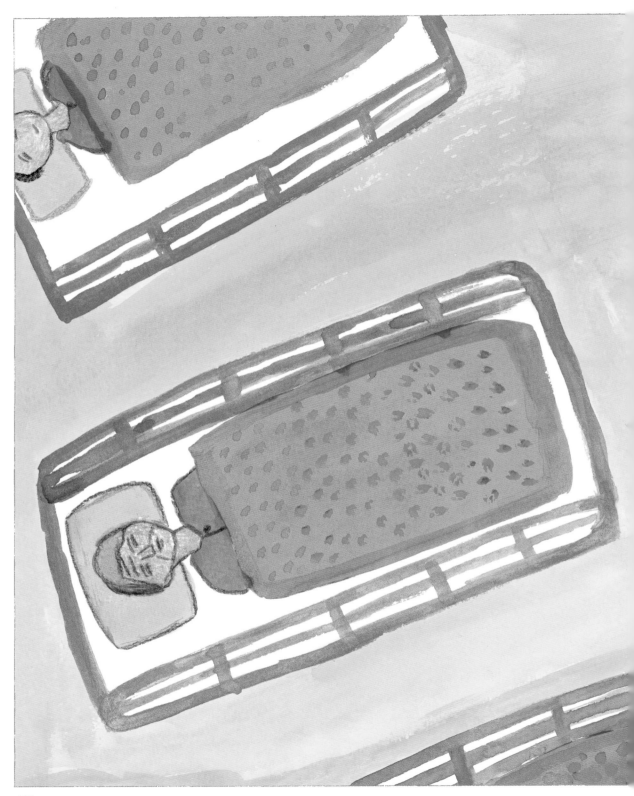

순임 할매는
고관절 골절 환자입니다.
온종일 누워만 있다가
식사할 때 겨우
고개를 옆으로 돌렸습니다.

올해 연세가 88세인
순임 할매는
꿈이 하나 있었습니다.
빨리 나아서
혼자 화장실에 가는 것입니다.
순임 할매는 꿈을 이루기 위해
몸을 조금씩
움직이기 시작했습니다.
매일 침상에서
앉았다 일어서는
운동을 꾸준히 했습니다.

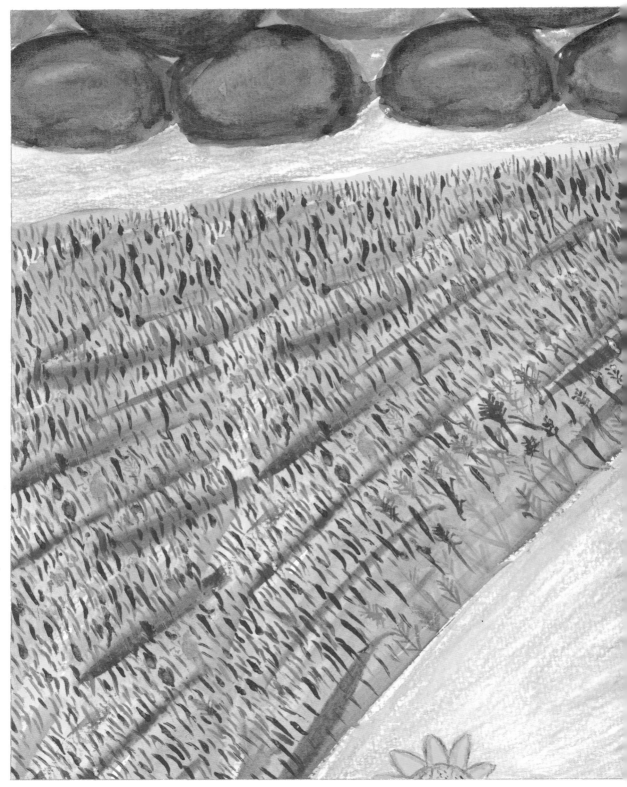

휠체어를 타고 산책을 하거나
제자리에서 발을 떼어 보는 운동도 열심히 했습니다.
드디어 순임 할매는 꿈을 이루었습니다.
이제는 혼자서 화장실에 갈 수 있습니다.

요즈음 순임 할매에게
꿈이 하나 더 생겼습니다.
건강한 사람처럼
빨리 걷고, 달리는 것입니다.

오늘도 순임 할매는
열심히 걷기 운동을 합니다.

순천의료생협 요양병원에서 케어매니저로 일했고,

지금은 간호조무사로 일하고 있습니다.

1978년 전남 순천에서 1남 5녀 중

넷째 딸로 태어났습니다.

지금은 두 딸의 엄마입니다.

윤여량

인사를 했죠

윤여량

오늘도 어르신은 휠체어에
화난 표정으로 앉아 있습니다.
어르신에게 말을 거는 사람은
아무도 없습니다.

"안녕하세요, 어르신."
"……."

첫인사를 건넸습니다.
어르신은 답이 없습니다.

처음으로 걷기 운동을 시작했습니다.

"자아, 한번 해 볼까요?
한 발짝, 한 발짝."

저도 어르신께 한 발짝 다가갔습니다.

색칠 공부를 시작하며 칭찬을 해 드렸습니다.
"어머, 정말 예쁘게 칠하셨네요."

어르신의 굳게 다문 입에서 나온 첫 마디.
"고맙습니다."

어르신은 이제
다른 어르신들과 어울려 식사도 합니다.
요즘은 어르신의 웃는 모습을
자주 볼 수 있습니다.

"하하하."
"호호호."

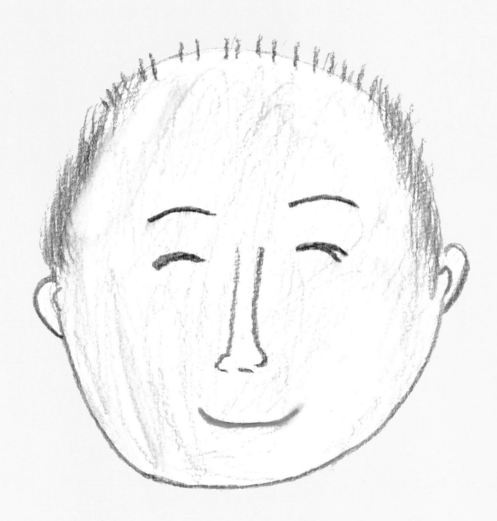

더 이상 어르신의 얼굴에서
화난 표정은 찾아볼 수 없습니다.
안정되고 편안한 얼굴입니다.

어르신의 환한 미소는
정말 아름답습니다.

어르신을 일으켜 세운 것은 색칠 공부

윤여량

한 어르신은 휠체어에 손목 억제대를 했어요. 이분은 난폭한 알코올성 치매여서 요양보호사 선생님들이 자주 맞았어요.

그래서 다가가지도 못했는데, 안타까운 마음에 색칠 도구를 드려봤어요. 잘하시더라고요.

어르신 몇 분이 모여서 했는데, 이분은 집중력이 뛰어났어요. 한 시간, 두 시간 계속 그리고 있으세요. 색칠을 엄청 잘하세요. 그러다 보니 난폭한 행동이 점점 줄어들더라고요.

하루는 야외로 산책하러 나갔어요.

어르신 표정이 점점 밝아지더니 "고마워요"라고 말씀했어요. 진짜 감동 먹었어요.

색칠 공부로, 산책 하나로 어르신들이 달라지는 걸 봤어요.

나도 이렇게 늙을 건데……

조순자

치매 어르신을 모시는 가족들은 그분들이 환자라고 생각을 못 해요. 그냥 멀쩡한 사람처럼 취급하고, 막 대하고 그래요. 그분들도 치매가 어떤 병인지, 어떻게 대해야 하는지 교육을 받았으면 좋겠어요. 부모님들이 지금 환자다, 멀쩡한 사람이 아니다 생각하고 대하면 좋겠어요. 부모님 돌보는 것도 참 힘든 일이긴 해요.

나는 이렇게 다른 어르신들 모시는데…….
나도 우리 엄마 찾아가서 돌보고 해야 하는데…….
엄마를 생각하면 늘 걱정되고 그래요.

부모든 어르신이든 돌보는 일은 참 힘들지만, '이게 앞으로의 나의 미래다'라고 생각하고 하면 좀 덜 힘들 것 같아요.
가끔 힘들 때 그런 생각해요.
나도 이렇게 늙을 건데…….
나도 늙고 아프면, 누군가 나를 돌보면서 힘들어할 걸 생각하면 힘들어도 속으로 참고 그냥 하게 돼요.

언젠가 도움이 필요할 때……

최덕순

교육을 받는 거랑 현장은 많이 달라요. 실전에 들어가면 할머니의 손과 발이 되고, 귀도 되고, 입도 되고 그래요.

누구든 언젠가는 돌봄을 받을 때가 있을 거잖아요. 어르신들처럼 돌봄이 필요할 때가 오겠구나 생각하면, 관심을 더 가져야지 생각해요.

늙으면 존엄성이 없어지는 건가 싶지만, 사실 우리 모두는 타인에게 존중받을 때 존엄성이 생기는 것 같아요. 치매에 걸렸든지, 몸을 움직일 수 없든지 다 인격이 있는 존재구나 생각해요.

돌봄은 최소한의 인간 존중에 관한 일 같아요. 인간으로 살게 하는 최소한의 도움이자 도리예요. 몸으로 하는 일보다도 사실 마음으로 하는 거예요. 그분들의 마음을 알아주고, 들어주고 하는 거죠.

어르신들에게는 대화 상대가 정말 중요한 의미가 있어요.

사실 사람들이 어르신들하고 대화를 잘 안 해 주거든요. 요양보호사들은 어쨌든 할머니들 말에 귀 기울이고, 대답도 다 해 드리니까 그것만으로도 좋은 일이고, 좋은 제도인 거죠.

꽃 보고 한 걸음, 구름 보고 한 걸음

손용덕, 조순자, 장다순, 최덕순

어르신들 대부분 외로워해요. 그래서 몸 돌봄뿐만 아니라 사소한 감정 하나에도 신경을 많이 써요.

어르신들은 산책을 나가면 풍경 하나하나 그냥 안 지나쳐요.

꽃 보고 한 걸음, 구름 보고 한 걸음.

그럴 때마다 말도 많이 붙이고, 이야기도 많이 들어 드려요.

이 일 하면서 스스로 되묻죠.

"내가 늙었을 때, 나는 나 같은 요양보호사에게 도움받고 싶은가?"

할머니랑 고스톱을 치는데 일부러 져 드려요. 그러면 할머니는 이겨서 신나서 "더 하자! 더 하자!" 하세요. 이걸 두 시간 내내 반복해요. 두 시간 내내 져야 하는 고스톱이 얼마나 재미없는 줄 아세요? 하지만 할머니가 즐거워하니 그렇게 하게끔 되더라고요.

어르신을 편안하게 해 주는 요양보호사가 되고 싶어요. 오늘 하루 어르신이 편안한 것. 그것이 내 의무라고 생각해요. 그 이외에는 별로 깊게 생각하지 않아요.

우리는 고령 사회에 살고 있습니다

국제연합(UN)은 65세 이상 인구 비중이 7퍼센트를 넘으면 고령화 사회, 14퍼센트 이상이면 고령 사회로 분류합니다.

대한민국은 2019년 현재 65세 이상 노인 인구가 768만 5천 명, 전체 인구의 14.9퍼센트입니다.

2025년 20.3퍼센트, 2067년 46.5퍼센트가 될 것으로 예상됩니다.

2018년 65세 이상 노인 인구 중 치매 환자 수는 70만 5,473명,

치매유병율 10퍼센트로 추정됩니다.

돌봄이 필요한 노인, 장애인 인구는 2017년 약 876만 명,

전체 인구의 약 17퍼센트이고, 2026년에는 22.9퍼센트로 예상됩니다.

누구나 겪게 될 고령, 질병 앞에서 홀로 외롭게 감당해야 하는 사람들. 외롭고 힘들게 하루를 열어야 하는 어르신의 일상은 언젠가 만나게 될 나의 삶입니다.

인간다운 삶을 지속시킬 수 있는 것은
또 다른 인간이 잡아 주는 손

내가 살던 곳에서, 내가 지키고 싶은 일상은 돌봄으로 가능합니다.

서로를 살아가게 하는 것, 서로를 지켜 내는 것,

누군가의 하루를 채워 주는 것, 그것이 돌봄입니다.

돌봄은 누군가의 노동, 누군가의 삶을 존중할 때 지속될 수 있습니다

일상을 같이하는 가족, 닫힌 문을 열게 하는 이웃,

그리고 그들 옆에서 묵묵히 일상을 지키는 돌봄종사자들.

이들의 연대가 한 인간의 존엄을 지키고, 인간답게 살 수 있는 사회를

만들어 가는 진정한 의미의 돌봄을 가능하게 할 것입니다.

서로의 삶을 이해하고, 서로를 존중하는 돌봄이 서로를 지킬 것입니다.

한명희 _ 그림책미술관시민모임 대표

돌봄의 고통과 돌봄이 주는 치유

돌봄종사자들의 글과 그림을 통해 돌봄 노동 속에 숨어 있는 것, 닿아 있는 것을 보았습니다.

돌봄 노동이 만나는 삶은 정말 다양합니다. 전쟁의 후유증, 가족의 아픔, 인생에 대한 후회, 자녀에 대한 그리움, 그리고 이제는 기쁨이 아니라 고역이 된 징벌 같은 삶……

돌봄종사자들은 돌봄을 통해 사람들의 속사정을 알게 되고 인간들의 다양한 군상과 심리를 경험합니다. 하지만 2차 스트레스를 입기도 하고, 직접 트라우마에 노출되기도 합니다. 그럼에도 또 다른 성찰의 기회가 생긴다는 것도 알게 되었습니다.

막다른 생명이 돌봄으로 살아나기도 하고, 세상을 떠나는 분들에게 돌봄이 천국을 향한 계단이 되기도 한다는 것도 알게 되었습니다.

돌봄 노동은 인생의 교훈을 잔뜩 알게 해 주지만, 우리 자신 또한 돌봄 노동의 대상이 될 수도 있다는 것도 깨닫게 해 줍니다. 그런 의미에서 통찰을 통해 자신을 만나고 승화시키는 돌봄종사자들의 이야기에 깊은 감회를 받았습니다.

끝으로 돌봄종사자들의 따뜻한 도움으로 어르신들이 품위 있는 삶을 살아갈 수 있게 되었다는 것도 알게 되었습니다.

시종일관 따뜻한 시선의 글들이라 마음이 저절로 따라가게 되고 생각이 살아났습니다. 돌봄 노동에 대한 자부심을 부디 높이 간직하기를 바랍니다. 그래야 마땅합니다. 고맙습니다.

김현수_명지병원 정신건강의학과 전문의

'인생 그림책'의 힘은 무엇일까?

각시는 치매인 엄마와 6년을 살았다. 벽을 짚은 채 끝없이 방 안을 돌던 엄마가 거울을 깨뜨려 온 방을 피투성이로 만든 다음, 딸은 자신의 몸을 엄마와 묶고 지내야 했다. 끼니마다 밥을 떠 넣어 주는 딸을 엄마는 '엄마'라 불렀고, '그래그래, 우리 아기 잘 먹는다'고 쓰다듬어 주면서 딸의 우울증은 깊어 갔다. 환청과 환시에 시달리며 몸과 정신도 조금씩 망가져 갔다. 그 엄마와 딸의 이야기를 참 많이도 들었다. 딸의 눈물 속에서 그 어머니를 사랑하게 되었고, 죽음으로 이어지는 병증과 인간에 대해서도 더욱 숙고하게 되었다. 생전에 뵌 적 없지만, 그분이 앓던 병이 나와 각시를 이어 준 거라고 믿게 되었다.

며칠 전에 마을에서 노인 한 분이 돌아가셨다. 모두 호상이라 했다. 공중목욕탕에서 죽었으니 망정이지 혼자 사는 노인네가 집에서 죽었으면 어쩔 뻔했냐고, 며칠이 지난들 누가 알기나 했겠냐고 했다. 하지만 그러한 죽음을 '호상'이라 불러도 좋은 것일까.

"가자, 집으로!"

요양원에 뉜 노모를 견디다 못해 터져 나온 장남의 이 한마디는 가슴을 친다. 이 책은 노모와 자식, 환자와 돌봄 노동 사이의 다양한 경계 지점을 보여 준다. 삶의 끝에 놓이는 일도, 그 곁에서 똥오줌 받으며 견디는 일도, 이제는 세상의 뒷장에나 가까스로 적힌다. 죽음은 삶에서 분리된 지 오래고, 많은 경우에 홀로 죽음을 맞는다. 삶의 장면마다 그냥 괜찮은 법은 없다. 거기에는 반드시 누군가가 존재한다. 이 책은 그리하여 귀한 책이 된다.

'인생 그림책'의 힘은 무얼까. 그것은 꾸미지 않는 정직함에서, 담담함과 소박함에서 비롯하지 않나 싶다. 엄살이 통할 리 없는 각박하고 너덜너덜한 일상에서 최대한으로 밀어 올린 꽃대처럼 이들 그림책은 싱싱하고 자연스럽다. 글도 그렇고, 그림도 그렇다. 이들의 문장과 구술이 문득문득 시로 읽히는 까닭도, 가슴속에서 끝없이 불러내던 지긋지긋한 노래였기 때문일 것이다. 그렇다면 체념을 넘은 이들의 낙관은 대체 어디에서 오는 것일까.

서툴되 아름다운, 도처에 숨어 있던 삶의 노래가 차고 넘치길 소망하는 것은 특정한 바람이 아닐 것이다. 저 자리가 우리가 품고 살아야 할 현재이자 희망의 자리이기 때문이다.

김환영_그림책 작가

돌봄종사자들의 그림 이야기

꽃 보고 한 걸음 구름 보고 한 걸음

초판 1쇄 인쇄 2020년 2월 14일 | 초판 1쇄 발행 2020년 2월 25일
엮은이 한국의료복지사회적협동조합연합회, 그림책미술관시민모임
그림·이야기 손용덕 장다순 성용숙 최덕순 조순자 황정순 박복희 장남희 김춘심 조경희 조복숙 윤여량
기획·인터뷰·정리 한명희, 김종희

책임편집 전소현 | 편집 이은희 | 디자인 달·리크리에이티브
펴낸이 전소현 | 펴낸곳 만만한책방 | 출판등록 2015년 1월 8일 제 2015-000008호
주소 경기도 고양시 일산서구 고양대로 706-12 (208동 1101호) | 전화 070-5035-1137 | 팩스 0505-300-1137
전자우편 manmanbooks@hanmail.net | 페이스북 www.facebook.com/manmanbooks

ISBN 979-11-89499-08-2 03810
ⓒ 한국의료복지사회적협동조합연합회, 그림책미술관시민모임 2020